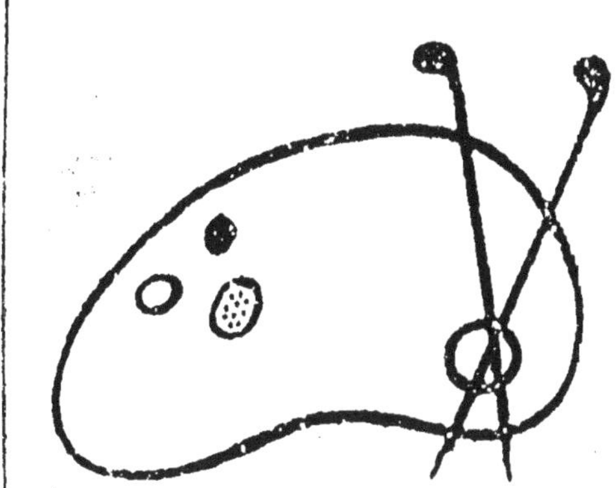

Début d'une série de documents en couleur

LES

CONTES ORIENTAUX

DANS

LA LITTÉRATURE FRANÇAISE

DU MOYEN ÂGE

PAR

GASTON PARIS

PROFESSEUR AU COLLÈGE DE FRANCE

PARIS

LIBRAIRIE A. FRANCK

F. VIEWEG, PROPRIÉTAIRE, 67, RUE RICHELIEU

1875

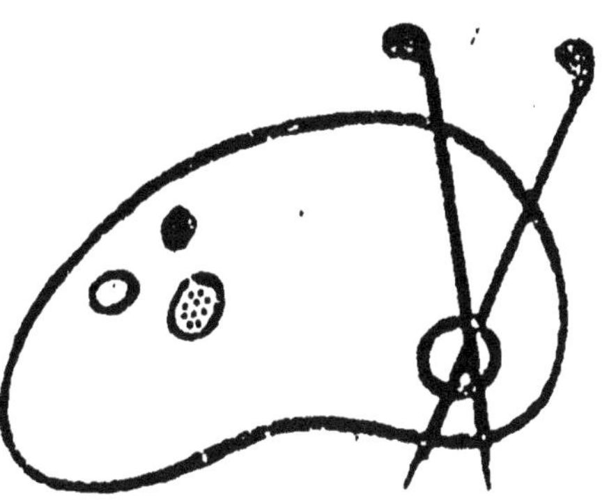

Fin d'une série de documents
en couleur

Couverture inférieure manquante

LES

CONTES ORIENTAUX

DANS

LA LITTÉRATURE FRANÇAISE

DU MOYEN AGE

PAR

GASTON PARIS

PROFESSEUR AU COLLÈGE DE FRANCE

PARIS

LIBRAIRIE A. FRANCK

F. VIEWEG, PROPRIÉTAIRE, 67, RUE RICHELIEU

1875

Extrait de la Revue politique et littéraire
Numéro 43. — 24 avril 1875

PARIS. — IMPRIMERIE DE E. MARTINET, RUE MIGNON, 2

LES
CONTES ORIENTAUX
DANS
LA LITTÉRATURE FRANÇAISE
DU MOYEN AGE

MESSIEURS,

La véritable originalité du moyen âge poétique, et notamment du moyen âge français, réside surtout dans l'épopée nationale et dans la poésie lyrique, plus richement ou plus artistement cultivées, celle-là au nord, celle-ci au midi de la France. La *chanson de geste* des trouvères et la *canso* des troubadours sont des plantes indigènes, nées spontanément sur le sol de la patrie, et qui en reproduisent les qualités natives et la saveur propre. Mais depuis longtemps, grâce à une longue culture et au commerce des nations, notre terre française ne porte plus seulement les arbres qui, d'eux-mêmes, avaient couvert la Gaule de forêts; le chêne, le bouleau, le sapin, le frêne, ont fait place à côté d'eux aux hôtes venus du sud et de l'est : ainsi notre littérature, déjà au moyen âge, ne s'est pas bornée à ce qu'elle avait produit sous l'inspiration directe de la vie nationale; elle a admis, — à côté des épopées où l'idéal de l'aristocratie féodale s'était incarné, à côté des chansons que dictaient aux chevaliers de la Provence l'amour de leur dame, la haine de leur ennemi ou l'enthousiasme des expéditions aventureuses, à côté des satires malicieuses ou passionnées que le contraste du monde réel avec le type de la perfection chrétienne faisait naître sous la plume des clercs, à côté des récits graves et simples où ceux qui avaient assisté à de grandes choses en conservaient le souvenir, à côté des légendes, naïvement merveilleuses, qui remplaçaient l'histoire pour le plus grand nombre, — elle a admis, dis-je, des productions d'un tout autre genre, nées et mûries dans des sociétés ou lointaines ou disparues, et qui, traduites ou imitées par nous, ont pénétré, grâce à l'incomparable ascendant de la France du moyen âge, chez la plupart des nations voisines, et sont entrées pour une part considérable dans les éléments de développement que le moyen âge a légués aux temps modernes.

Il y a plus : comme on voit, dans certaines îles de l'Océanie, les plantes importées d'Europe, plus robustes et plus vivaces que les végétaux indigènes, entamer avec eux une lutte acharnée et finalement les détruire ou les reléguer dans quelques vallons peu accessibles, ainsi les hôtes que la vieille littérature française accueillit, non-seulement s'implantèrent chez elle aussi fortement que ses propres enfants, mais encore leur retirèrent peu à peu leur vitalité première et s'établirent en maîtres à leur place ; si bien que les œuvres nationales, d'abord défigurées sous l'influence étrangère, puis de plus en plus délaissées, périrent presque sans postérité et sont restées jusqu'aux travaux de l'érudition moderne enfermées dans quelques manuscrits où le hasard les avait respectées jadis. Il y a là un phénomène extrêmement curieux et important pour l'histoire de la littérature et de la civilisation moderne, et c'est ce qui donne à ces emprunts faits par notre ancienne poésie à des sources autres que l'inspiration nationale un intérêt tout particulier.

Ces sources où a puisé le moyen âge, et qui ont continué, bien qu'on ne les ait point toutes connues, à alimenter plus ou moins richement la littérature des temps voisins de nous, sont au nombre de quatre : l'antiquité classique, le christianisme, les traditions celtiques et les livres indiens. Les voies par lesquelles elles se sont infiltrées dans la poésie du moyen âge, l'effet qu'elles y ont produit, les transformations qu'elles ont subies, la fécondité qu'elles ont développée et entretenue, sont profondément différents. Le christianisme est si intimement mêlé à la constitution intellectuelle, sociale et morale de la vieille société européenne, qu'on hésite à le regarder comme un élément proprement étranger : cependant, si l'on considère le peu d'influence que l'idée chrétienne exerce sur la poésie épique ou lyrique des premiers siècles du moyen âge, on comprend qu'il n'a pénétré la littérature que plus tard, par l'intermédiaire de l'Église, c'est-à-dire du latin, et qu'il a puissamment contribué à faire disparaître les produits si différents de l'inspiration nationale ou individuelle, toute spontanée, qui se présente à nous dans les œuvres de nos poëtes les plus anciens. L'antiquité classique, effacée complétement du souvenir vivant de la société nouvelle issue des ruines de l'empire romain et de l'empire de Charlemagne, était cachée dans les rares manuscrits échappés au naufrage : elle ne pénétra d'abord dans la littérature que comme une mine de récits plus ou moins attrayants, que le moyen âge empruntait surtout aux œuvres de l'extrême décadence grecque ou latine, et qu'il s'assimilait sans aucun scrupule. A mesure qu'elle fut plus directement et plus profondément étudiée, elle vit grandir sur les esprits son ascendant et son prestige, et elle finit, après dix siècles d'éclipse, par reconquérir, au moins pour un temps, l'Europe littéraire et poétique, qui brisa avec la tradition du moyen âge et essaya de renouer directement avec Athènes et Rome. Les traditions celtiques, encore bien incomplétement connues, pénétrèrent dans la littérature française au XIIe siècle, s'y enracinèrent aussitôt et s'y développèrent avec une surprenante richesse, s'assimilèrent, dans une mesure difficile à préciser, à ce nouveau milieu, le renouvelèrent à leur tour, et marquèrent d'une empreinte jusqu'à ce jour ineffacée l'imagination et la poésie moderne. Leurs conceptions aventureuses, leur glorification sans réserve de l'amour, leur idéal de perfection individuelle et de raffinement social firent pâlir les inspirations plus réelles et plus viriles, mais violentes, parfois brutales, souvent monotones et en bien des points déjà surannées, de la poésie nationale. Les *romans de la Table Ronde* remplacèrent les *chansons de geste* laissées au peuple et bientôt oubliées, et, en inspirant les romans d'aventure et plus tard *Amadis* et les poëmes chevaleresques italiens, maintinrent leur existence, plus ou moins transformée, dans la grande refonte que le XVIe siècle fit subir à la matière comme à la forme de la poésie.

La part que la littérature chrétienne eut au développement de celle du moyen âge est généralement connue, et même exagérée ; on sait aussi que l'antiquité commença de bonne heure à reprendre de l'influence sur les esprits, que les légendes de Troie et d'Alexandre pénétrèrent dans la poésie vulgaire, que dès le XIIe et le XIIIe siècle on traduisit divers auteurs latins. Des livres récents ont répandu, bien qu'à un moindre degré, dans le public la notion des origines celtiques des *romans de la Table ronde* et de la diffusion de ces romans par toute l'Europe. Mais c'est peut-être le plus petit nombre, parmi ceux qui m'écoutent, qui n'a pas éprouvé une certaine surprise en entendant mentionner l'Inde parmi les pays dont la littérature a influé sur la nôtre au moyen âge?

En effet, les travaux faits sur ce sujet depuis le commencement du siècle en France, en Angleterre, en Italie et en Allemagne ne sont guère sortis jusqu'à présent d'un cercle étroit d'érudits et sont même plus connus des orientalistes que de ceux qui s'occupent de littérature moderne. Ce sont les résultats de ces travaux que j'essayerai de vous exposer cette année, en dirigeant mes recherches personnelles, comme il convient à l'objet de ce cours, plutôt sur la forme que les récits indiens ont prise en Occident que sur celle qu'ils avaient à l'origine. Pour cette partie de la tâche, où la compétence me fait défaut, je suivrai les guides éminents qui, à force de comparaisons minutieuses et d'inductions sagaces, ont suivi pour ainsi dire à la piste, depuis les bords du Gange jusqu'à ceux de la Seine, cette longue caravane de récits.

Jusqu'à ces derniers temps les investigations de ce genre s'arrêtaient au milieu de la route : on attribuait aux Turcs, aux Arabes, aux Persans, la création de ce qu'ils ont simplement transmis. La France, au commencement de ce siècle, a ouvert une nouvelle phase dans l'histoire de ces études avec les travaux du grand Silvestre de Sacy, suivis bientôt par ceux d'un jeune orientaliste enlevé à la science avant de lui avoir rendu tous les services qu'elle attendait de lui, Loiseleur-Deslongchamps. Son *Essai sur l'introduction en Europe des fables indiennes* est resté la base des travaux de ce genre jusqu'à ces dernières années, où un illustre philologue allemand, avec une érudition et une critique supérieures, a repris l'œuvre inachevée du savant français et a fait faire à notre connaissance du sujet des progrès immenses et sûrs. L'introduction de M. Th. Benfey au *Pantchatantra* est aujourd'hui sur ces matières le livre véritablement classique, et les études que depuis cette publication des érudits distingués, comme M. Weber en Allemagne, M. Max Müller en Angleterre, M. Comparetti en Italie, ont faites sur tel ou tel point spécial, l'ont toujours eue pour fondement et pour point de départ.

Le résultat capital auquel, grâce à ces travaux et à bien d'autres que je ne puis mentionner, est arrivée aujourd'hui la science est celui-ci : les récits orientaux qui ont pénétré en si grande masse dans les diverses littératures européennes viennent de l'Inde et, qui plus est, ont un caractère essentiellement bouddhique. J'aurais pu donner pour titre à nos leçons de cette année *l'Influence du bouddhisme sur la littérature française au moyen âge*, mais ce titre, qui aurait paru bizarre et recherché, aurait eu l'inconvénient plus grave de ne pas être absolument exact, car, dans la plupart des livres en question qui ont passé d'Asie en Europe, le caractère spécialement bouddhique s'est effacé de bien bonne heure et n'a ni aidé ni même participé à son incomparable vogue.

Voici simplement, en résumé, ce qu'il faudrait entendre par un titre semblable. La religion du Bouddha, secte philosophique et sociale née au sein du brahmanisme six ou sept cents ans avant Jésus-Christ, est avant tout une école de morale. Les conceptions métaphysiques sur lesquelles elle repose, conceptions qui se réduisent en dernière analyse non-seulement à l'athéisme, mais au nihilisme pur, n'ont sans doute été que pour peu de chose dans son succès et son immense diffusion. Le bouddhisme est aujourd'hui, bien que depuis mille ans il ait été expulsé de sa patrie indienne, la religion qui compte sur le globe les fidèles les plus nombreux : en lui rattachant toutes les sectes qu'il a produites, et qui, à la vérité, en sont parfois bien éloignées, il possède presque la moitié de l'humanité entière. Ce n'est pas à coup sûr le *nirvâna*, le dogme de la supériorité absolue du néant sur l'être, qui lui a valu, dans les contrées et chez les races les plus diverses, un si étonnant empire : ce sont les conséquences pratiques que le Bouddha ou ses disciples tirèrent du dogme. Or les récits, les paraboles, furent de bonne heure un des moyens les plus employés par les bouddhistes pour faire comprendre et propager leurs enseignements moraux. La morale bouddhique embrasse la vie tout entière, sous tous ses aspects et dans tous ses détails : aussi les *exemples* (pour me servir d'une expression consacrée plus tard, dans des circonstances analogues, par la prédication chrétienne) se présentent-ils dans la littérature bouddhique avec les formes les plus variées. Ils servent d'ordinaire, avec une infinie diversité d'applications, à mettre en relief quelques enseignements principaux : ils recommandent la prudence, la miséricorde, l'abnégation, traits essentiels de la perfection bouddhique ; ils apprènnent à ne pas se fier aux apparences, le monde lui-même n'étant tout entier qu'une illusion, à ne croire ni à sa valeur propre, ni à sa puissance, ni à sa fortune, et surtout à ne pas se fier aux femmes, cause habituelle de toutes les chutes et de toutes les fautes. — Je reviendrai tout à l'heure sur ce dernier trait, qui a pris dans le développement des récits bouddhiques une importance prépondérante. — Remarquons ici entre les paraboles du christianisme primitif et celles du bouddhisme une différence essentielle : les premières ne sont que des allégories, d'ordinaire sans grand intérêt par elles-mêmes, et qui ne prennent toute leur valeur que par le sens caché, dogmatique et mystique plutôt que moral qu'elles présentent; les autres sont des anecdotes de tout genre, qui ont pour but de plaire en instruisant et de faire pénétrer la conclusion morale à l'aide du charme et du piquant du récit. Il devait arriver naturellement que cet élément prît le dessus, et qu'on s'amusât du conte sans trop se préoccuper de la morale. C'est ce qui a tellement répandu les récits bouddhiques en dehors du bouddhisme et ce qui leur a fait perdre en même temps leur caractère didactique primitif. Ceux des récits plus spécialement religieux qui ont pénétré en Europe ont, par une modification légère, changé en morale chrétienne leur morale originaire : je dis par une modification légère, car les rapports entre la conception chrétienne du monde, de la destinée, de l'âme, de la vie, et la conception bouddhique sont aussi frappants que nombreux, bien qu'ils se résolvent, à l'origine dogmatique des deux systèmes, en un antagonisme radical. L'ascétisme, le célibat religieux, la pauvreté volontaire, la vie religieuse en commun se sont développés naturellement dans la religion du Christ et dans celle de Siddarthâ, sous l'influence des mêmes inspirations : le détachement, la charité, l'amour de la chasteté, de l'humilité, la crainte des tentations, le mépris du monde et la conviction de sa vanité. Aussi quelques-uns des récits les plus profondément empreints de l'esprit bouddhique ont-ils pu, presque sans changement, devenir des légendes chrétiennes; une vie de Çakya-Mouni lui-même a fourni, comme nous le verrons dans la suite de ce cours, la base d'une sorte de roman pieux regardé bientôt comme la biographie authentique d'un saint, et sous le nom de saint Josaphat c'est le Bouddhâ qui est entré, sans qu'on s'en soit aperçu jusqu'à nos jours, dans le martyrologe officiel de l'Église catholique.

Mais ces récits proprement pieux ne forment que la plus petite partie de ceux qui ont passé de la littérature bouddhique à la littérature occidentale. La grande masse se compose de contes dont l'intention est purement morale et dont le sujet est emprunté aux incidents de la vie familière. La plupart des livres bouddhiques qui contiennent ces récits se présentent sous une forme particulière qui paraît avoir grandement contribué à leur succès : c'est celle d'une histoire principale qui sert de cadre et dans laquelle un grand nombre d'autres histoires sont plus ou moins adroitement intercalées. Tout le monde connaît le plus célèbre des ouvrages de ce genre, *les Mille et une nuits*, livre arabe, mais fait à l'imitation des livres indiens antérieurs et qui leur a emprunté un très-grand nombre de ses contes. L'Europe du moyen âge avait aussi essayé d'imiter ces romans à tiroirs : le *Décaméron* de Boccace nous offre également un cadre où sont intercalées des nouvelles détachées. Mais les conteurs de l'Inde n'ont été égalés ni par les Arabes, ni par les Européens dans l'art d'enchâsser indissolublement les récits dans l'histoire qui leur sert de cadre et de leur donner de l'importance pour la marche de cette histoire. Ils ont même souvent abusé de leur talent, et se sont plu, par un jeu qui fatigue le lecteur plus qu'il ne le charme, à faire rentrer les uns dans les autres trois ou quatre récits successifs, comme les artisans des mêmes pays savent sculpter dans une boule d'ivoire quatre ou cinq boîtes renfermées l'une dans l'autre.

Les recherches les plus récentes ramènent un grand nombre des contes orientaux qui ont pénétré en Europe à des livres bouddhiques du genre que je viens d'indiquer. Ces livres ont été écrits dans l'Inde en sanscrit, à une époque qui peut varier entre les deux siècles qui ont précédé et les deux siècles qui ont suivi la naissance de Jésus-Christ. Nous n'en possédons aucun sous sa forme originaire ; nous avons ou des abrégés sanscrits postérieurs, ou des traductions faites soit dans les pays où le bouddhisme avait pénétré, comme la Chine, soit dans des pays non bouddhistes, comme la Perse, par simple curiosité littéraire. Ils sont la plus haute source et le point le plus éloigné où nous amènent les investigations critiques poursuivies jusqu'à présent, et c'est dans ce sens que je vous ai dit que tous les contes orientaux dont il s'agit sont originairement bouddhiques. Mais une question qui jusqu'ici a été à peine soulevée, qui ne pourra être traitée avec fruit que quand nos études seront beaucoup plus avancées, est celle qui touche aux origines plus reculées de cette littérature bouddhique elle-même. Les Européens, par l'intermédiaire de traductions dont je vous dirai un mot tout à l'heure, ont sûrement puisé leurs contes dans des livres écrits par des bouddhistes et affectant d'ordinaire la forme décrite plus haut; mais les bouddhistes sont-ils les inventeurs de ces contes, ou n'ont-ils fait que réunir, en les modifiant sans doute à leur façon, des récits plus anciens et dont il s'agirait alors de trouver la source? C'est là une question des plus vastes, pour la solution de laquelle les moyens d'investigation nous font en grande partie défaut, mais qui laisse pourtant entrevoir la réponse possible que voici : les livres bouddhistes contiennent des éléments hétérogènes, dont les uns sont primitivement bouddhiques et ont été créés sous l'influence de la religion nouvelle et pour en répandre les enseignements, dont les autres appartenaient à la littérature indienne antérieure, dont plusieurs enfin proviennent de littératures étrangères à l'Inde. On s'accorde aujourd'hui à reconnaître que les fables qui sont communes aux recueils indiens et aux recueils ésopiques ont été, en partie du moins, empruntées par les Indous aux Grecs; on admet une certaine influence de la tragédie grecque sur le drame indien. Les royaumes grecs, dont l'histoire est malheureusement bien mal connue, fondés par les successeurs d'Alexandre dans l'Asie centrale, ont dû exercer sur les contrées voisines une influence considérable, et le véhicule de la civilisation grecque a fort bien pu transporter dans l'Inde non-seulement les œuvres proprement grecques, mais des récits provenant de l'Assyrie, de l'Égypte ou de l'Asie Mineure, comme ces fables milésiennes dont l'une, que nous retrouverons dans le cours de nos leçons, nous a été conservée à la fois dans un roman latin écrit il y a dix-huit siècles et dans un livre chinois qui la tirait très-probablement d'un livre indien. Au delà encore de ces relations déjà si antiques, nous ne pouvons oublier que les Indous et les peuples dominants de l'Europe font partie d'une même race, ont été originairement une seule nation : pendant des siècles ils ont parlé la même langue, mené la même vie, adoré les mêmes dieux et peut-être déjà chanté les mêmes chants et répété les mêmes contes. De ce patrimoine commun, quelques restes ne se sont-ils pas conservés dans la littérature de l'Inde pour repasser de là, bien des siècles après, dans celle de peuples qui les avaient complétement laissé perdre? Nous aurons occasion, dans le cours de nos leçons, de toucher tous ces problèmes aussi importants que curieux et de faire voir, dans quelques cas spéciaux, les conditions où ils se posent, les difficultés qui les entourent et la prudence avec laquelle ils veulent être abordés.

Nous ne les toucherons d'ailleurs qu'exceptionnellement. Nos études habituelles ne remonteront pas si haut et nous laisseront sur le terrain plus modeste que nous sommes accoutumés à explorer. Après avoir indiqué comme nous le pourrons d'où proviennent les contes qui nous occupent, et par quelle voie ils nous sont arrivés, nous étudierons surtout la forme particulière qu'ils ont prise chez nous et l'influence qu'ils ont exercée sur la littérature française au moyen âge. Il est clair que des récits qui avaient reçu leur forme dans le milieu social de l'Inde bouddhique n'ont pu se répandre et devenir populaires dans l'Europe chrétienne du moyen âge qu'en se modifiant considérablement. La première altération qu'ils ont subie a été souvent la perte de leur signification morale, qui a amené fréquemment l'effacement de quelques-uns de leurs traits distinctifs et la destruction de la logique avec laquelle la plupart d'entre eux sont construits. D'autres ont dû être accommodés aux mœurs de pays qui ne connaissaient ni la croyance à la métempsychose, ni les castes, restées vivaces même après le bouddhisme, ni l'organisation du pouvoir telle qu'elle existait en Inde, ni la polygamie, ni les pratiques religieuses du peuple qui les avait inventés. Beaucoup enfin ont été altérés par inintelligence, par défaillance de mémoire, par caprice. Souvent un premier intermédiaire a, pour une des raisons indiquées, gravement déformé un conte : celui qui vient après, plus intelligent, plus réfléchi, s'aperçoit que les péripéties ne sont plus vraisemblables, que les actions des personnages ne sont plus motivées, que le conte ne répond plus au but que se propose celui qui le raconte; alors il se met à l'œuvre, supprime ce qu'il ne comprend pas, ajoute ce qui lui paraît nécessaire, répare plus ou moins bien, selon son imagination et son talent, les défauts qu'il a remarqués, et met alors le conte en circulation sous une forme qui ne ressemble plus que de bien loin à celle qu'il avait à l'origine.

Pour comprendre les vicissitudes auxquelles étaient exposés ces contes venus de si loin, il faut se représenter le nombre d'intermédiaires par lesquels ils ont passé. Le plus célèbre des recueils indiens a existé d'abord en sanscrit, mais nous n'en possédons plus dans cette langue qu'un abrégé connu sous le nom du *Pantchatantra* ou *les cinq livres*. Le texte sanscrit a été anciennement traduit en pehlvi, antique langue de la Perse : cette traduction n'existe plus. Du pehlvi il a été mis en syriaque : cette version, qu'on croyait perdue et qu'on avait même regardée comme imaginaire, vient d'être presque miraculeusement retrouvée dans un couvent d'Arménie (1). Du syriaque est issue une version arabe, le *Kalilah et Dimnah;* de l'arabe une version hébraïque, qui n'est pas publiée, mais dont on possède une traduction latine. Pour arriver à une de nos langues vulgaires, tous les récits contenus dans ce recueil ont dû passer à peu près par toutes ces formes successives. Mais arrivés au latin ou au français, il ne faut pas croire qu'ils soient en sûreté et préservés dorénavant des dangers qu'ils ont courus dans leurs longs voyages. Au contraire, ils tombent alors dans les mains de rédacteurs qui ont ou pensent avoir du talent littéraire et ne se croient pas obligés au respect que la plupart des traducteurs anciens ont — au moins en intention — pour les originaux. Je veux vous donner un exemple de ces altérations récentes sur un conte que vous connaissez tous, et qui, se trouvant en dehors des grands recueils que nous étudierons surtout, ne repassera sans doute plus sous nos yeux. Vous verrez que le jugement porté à propos de ce conte par un savant critique n'est peut-être pas exagéré : « Les barbares de l'Occident, dit-il, ont toujours été

---

(1) On en attend avec impatience la publication, promise depuis quatre ans.

plus habiles à gâter les contes qu'à les rapporter fidèlement (1). » Il s'agit de la jolie histoire qui, depuis que La Fontaine l'a mise en vers, est célèbre sous le nom du *Meunier, son fils et l'âne*. La Fontaine l'avait puisée à deux sources différentes : un récit de Malherbe transmis par Racan, et une *facétie* du Pogge. Nous verrons tout à l'heure qu'il a surtout suivi le Pogge ; celui-ci l'avait vue *pictam et scriptam* dans un livre allemand. Ce livre allemand était sans doute un manuscrit des fables d'Ulrich Boner, poète suisse du XIVe siècle. Boner lui-même avait pour source plus ou moins directe, ainsi que d'autres écrivains de la même époque que lui qui ont raconté la même histoire, un livre de l'archevêque d'Acre, Jacques, né à Vitri, près Paris, et mort en 1250. Ce livre, qui s'appelait *le Miroir des exemples*, n'a pas encore été publié ; mais on sait, par les citations qu'en font divers écrivains et par les autres ouvrages de l'auteur, qu'il contenait un grand nombre d'histoires généralement de provenance orientale. Jacques de Vitri avait appris l'arabe, et son recueil a été un des principaux canaux par lesquels le flot des récits asiatiques s'est répandu en Europe. Nous pouvons juger de la forme que celui qui nous occupe ici avait dans son livre par diverses imitations, où il n'a pas été altéré. Voici celle qui me paraît la plus fidèle. Je l'emprunte à un sermon de saint Bernardin de Sienne (1426).

« Il y avait un saint père qui, ayant bien pratiqué les choses de ce monde et ayant compris qu'on ne peut en aucune façon y vivre de manière à échapper au blâme, dit à un moinillon qu'il avait : « Fils, viens avec moi, et emmène notre âne. » Le moinillon obéit et amena l'âne. Le saint père monta, et l'enfant suivait à pied. Ils passèrent dans un endroit qui était très-fangeux, et des gens étaient là qui les regardaient ; l'un dit : « Eh ! vois ce vieux, quelle cruauté il a pour ce pauvre petit moine qu'il laisse piétiner dans la boue tandis que lui il va à cheval ! » Dès que le père entendit cette parole, il des-

(1) Gildemeister, dans *Orient und Occident*, I, 735. La plupart des renseignements donnés ci-après sont empruntés au curieux article de M. Gödeke, *Asinus vulgi*, dans *Or. und Occ.*, I, 531.

cendit et mit l'enfant à sa place, et il chassa l'âne devant lui au milieu de cette fange. Mais un autre s'écria : « Eh ! que dis-tu de ce bonhomme, qui est le maître de l'âne, qui est vieux, et qui va à pied, tandis qu'il fait monter ce jeune garçon qui ne se soucierait ni de la fatigue ni de la boue ? Il faut qu'il soit fou, car s'ils voulaient ils pourraient très-bien être tous les deux sur l'âne. » Le saint père s'approcha et monta aussi sur le baudet. Ils continuèrent leur route ; et voilà qu'un autre dit : « Eh ! regarde donc ceux-là, qui ont un âne et sont montés dessus tous les deux ! Il paraît qu'ils ne tiennent guère à leur bourrique, car si elle crève sous le faix, ce ne sera pas merveille. » En entendant ce reproche, le vieillard descendit et fit descendre l'enfant, et tous deux allèrent à pied, disant : « Arri ! » Au bout de quelques pas un passant s'écria : « Eh ! vois donc la sottise de ces gens, qui ont un âne et qui s'en vont à pied dans la boue ! » Le saint père dit alors au moinillon : « Assez ; rentrons à la maison. » Et quand ils furent revenus, il lui rappela tous les jugements qu'on avait portés sur eux et lui dit : « Sache que quiconque est dans le monde, en faisant tout le bien qu'il peut et en s'ingéniant à bien faire, ne peut empêcher qu'on ne parle mal de lui. Toi donc, mon fils, méprise le monde et éloigne-t-en, car qui le fréquente y perd toujours, et on n'y trouve que malheur et péché. »

Jacques de Vitri a évidemment redit ce conte tel qu'il l'avait trouvé dans sa source arabe. En effet, un auteur arabe, nommé Ibn-Saïd, qui écrivait à peu près en même temps que lui, le rapporte tout à fait de même, sauf une ou deux circonstances.

« On raconte qu'un homme très-sage avait un fils, qui lui dit un jour : « Pourquoi donc les gens te critiquent-ils toujours, toi qui es pourtant un homme sensé ? Si tu suivais leurs avis, tu ne serais plus blâmé. » Il répondit : « O enfant sans expérience, l'approbation des hommes est un but qu'on ne peut atteindre : je vais t'en convaincre. Monte sur notre âne ; je te suivrai à pied. » Comme ils allaient ainsi, quelqu'un dit : « Voyez comme ce garçon est mal élevé : il monte l'âne et laisse marcher son père ; le père ne sait guère se faire respecter pour lui permettre d'agir ainsi. » Alors il lui dit : « Descends, je monterai, et tu me suivras. » Aussitôt un autre dit : « Voyez comme ce vieillard est dur : il va à cheval et fait marcher son fils. » Il dit donc à son fils : « Monte avec moi. » — « Dieu maudisse ces gens, dit un troisième passant, de monter à deux sur cette pauvre bête qui ne peut les porter ! » Le père dit à son fils : « Mettons tous deux pied à terre ; » et ils chassèrent l'âne devant eux. « Ils sont fous, dit-on alors : ils ont un âne et ils vont à pied, le laissant aller à vide. » Alors le père : « Mon fils, tu as entendu leurs discours ; tu sais maintenant que personne, quoi qu'il fasse, ne peut échapper au blâme des hommes. »

Un siècle après, un auteur espagnol, l'infant Don Juan Manuel, le trouvait à son tour, sûrement dans un livre arabe, et l'insérait dans son livre du *Comte Lucanor*.

« Un père avait un fils irrésolu qu'il voulut guérir de son défaut par un exemple frappant. Ils demeuraient près d'une ville : un jour de marché le père dit qu'il voulait aller faire des emplettes et prit son fils avec lui. Ils menaient avec eux un âne non chargé. Des gens qui les rencontrèrent dirent qu'il n'était pas raisonnable que l'âne allât à vide et les deux hommes à pied. Le vieux demanda à son fils ce qu'il pensait de cette remarque, et le jeune homme dit qu'il lui semblait que les gens avaient raison. Le père le fit aussitôt monter sur l'âne. D'autres passants dirent alors qu'il n'était pas juste que le vieillard fatigué allât à pied, tandis que le fils, qui était jeune et pouvait mieux supporter la peine, se reposait. Le père demanda alors à son fils ce qu'il disait à cela, et le fils répondit que cela lui semblait raisonnable. Le vieillard le fit alors descendre et prit sa place. Au bout de quelque temps, ils rencontrèrent d'autres passants, et ceux-là trouvèrent très-mauvais que le vieux, qui, plus endurci, pouvait supporter la marche, fût à son aise et laissât aller à pied le jeune homme, plus délicat que lui. Le père demanda encore à son fils ce qu'il disait des observations de ces gens, et le fils répondit qu'il les trouvait conformes à la vérité. Le vieux lui ordonna alors de monter avec lui sur l'âne. Les premiers qu'ils rencontrèrent blâmèrent beaucoup ces deux hommes qui écrasaient leur monture en lui imposant un poids si lourd. Le père demanda au fils ce qu'il pensait de ce jugement, et le fils répondit qu'il lui paraissait juste. Le père lui rappela alors que depuis leur départ ils avaient essayé toutes les manières possibles de se comporter avec leur âne, qu'on les avait toujours critiqués, et qu'il avait toujours trouvé fondées les critiques qu'on avait faites. « Dis-moi donc, ajouta-t-il, comment nous pouvons faire pour échapper au blâme des gens... Comprends d'après cette expérience qu'aucune de tes actions ne sera approuvée de tout le monde; décide-toi par toi-même et ne te soucie pas des jugements des autres. »

Ces trois récits ont un trait commun, évidemment primitif: c'est que le vieux, le père, veut donner à son fils la preuve du peu de confiance que méritent les jugements du monde. Ils diffèrent dans l'ordre des épisodes, qui sont d'ailleurs chez tous au nombre de quatre seulement. L'ordre le meilleur est assurément celui de Jacques de Vitri (saint Bernardin). En effet, toute la morale de la fable repose sur l'hypothèse que les voyageurs font toujours ce qu'il y a de plus raisonnable à faire et n'en sont pas moins blâmés. Or le plus naturel est évidemment que le vieillard se serve le premier de la monture; quand on le critique, il fait monter le jeune homme à sa place; on trouve encore à redire: ils montent tous deux, et ce n'est qu'en dernier lieu, pour épuiser toutes les combinaisons, qu'ils marchent l'un et l'autre derrière l'âne. Cet ordre logique est déjà un peu altéré dans Ibn-Saïd, il l'est très-gravement dans J. Manuel, où ils commencent sans aucune raison par marcher tous les deux en laissant l'âne sans fardeau, ce qui justifie les premières railleries qu'on leur adresse.

La littérature arabe, sous trois formes (la source inconnue de Jacques de Vitri, Ibn Saïd et la source inconnue de D. J. Manuel), offre jusqu'à présent la dernière limite où remontent pour cette histoire nos investigations. Mais il est certain que l'arabe, ici comme ailleurs, n'a servi qu'à transmettre un conte originaire de l'Inde. Le caractère bouddhique de cette excellente parabole est frappant. Elle a pour but primitif, non pas d'engager à se décider par soi-même, comme on le lui a fait signifier plus tard, mais d'inspirer le mépris du monde et de ses jugements. La version de S. Bernardin est encore plus authentique que les autres en cela, qu'elle met en scène, non un père et un fils, mais un moine et un novice. Changez le moine en ascète bouddhiste, et vous aurez un

couple que les histoires indiennes nous offrent sans cesse : celui du vieux solitaire et du jeune disciple qui se sent attiré vers le monde, et que son maître décide, par quelque ingénieuse démonstration, à embrasser la vie ascétique. Le rôle du vieillard, qui écoute en souriant intérieurement les remarques vaines et contradictoires des passants, donne toute sa signification au récit et contraste d'une manière charmante et profonde, surtout dans J. Manuel, avec la bonne foi du jeune homme, qui espère satisfaire le monde, et ses illusions sans cesse détruites. Les versions postérieures, qui mettent les deux voyageurs sur le même pied, ont par cela seul détruit en grande partie la valeur du conte : une mésaventure comme celle dont il s'agit ne peut faire grande impression sur un homme âgé, qui a eu bien d'autres expériences ; elle est au contraire bien faite pour dégoûter des jugements des hommes un adolescent plein d'ardeur et d'ignorance.

Les récits d'Ibn Saïd et de J. Manuel restèrent isolés ; mais il n'en fut pas de même de celui de Jacques de Vitri, source de toutes les rédactions subséquentes. Dans une des versions abrégées qui nous sont parvenues, quand les deux voyageurs se sont décidés à aller à pied derrière leur âne, un passant s'écrie : Vraiment ils devraient le porter, leur âne, puisqu'ils le ménagent tant ! — Cette plaisanterie est devenue dans les versions suivantes une réalité. Aux quatre épisodes du récit original, une rédaction française (perdue) du XIIIe siècle en ajoute déjà un cinquième : le père et le fils portent effectivement l'âne, et c'est quand on se moque encore d'eux que le père adresse au fils sa moralisation (1). Sous cette forme, malencontreusement allongée, le conte fut mis en vers allemands par Boner, et c'est sans doute à Boner, comme nous l'avons vu, que Pogge l'emprunta. Celui-ci fit à son tour des changements assez graves. D'abord, il est le premier à raconter que le père et le fils allaient au marché *pour vendre*

(1) Une variante turque (dans les *Quarante vizirs*) offre une autre amplification du conte. Le père place son fils d'abord devant, puis derrière lui sur l'âne, et il est blâmé les deux fois.

leur âne ; ensuite il abandonne l'ordre excellent suivi jusque-là dans les récits provenant de Jacques de Vitri et commence, comme J. Manuel, par faire marcher les deux hommes derrière l'âne ; enfin il ne se contente pas de leur faire en dernier lieu porter l'âne : il raconte que le père, furieux des risées qui accueillent cette dernière combinaison, jette dans la rivière, auprès de laquelle il se trouve en ce moment, l'âne dont il a attaché les pieds pour le porter. Avec ce dernier *embellissement* le conte s'altère tout à fait : le père, au lieu d'un sage, d'un maître ingénieux, devient un simple niais, aux dépens duquel le lecteur rit comme les autres. La grave leçon de l'apologue indien est perdue, et Pogge la remplace par celle-ci : « Ainsi le bonhomme, pour avoir voulu satisfaire tout le monde, ne contenta personne et perdit son âne. »

La Fontaine, qui met sa fable dans la bouche de Malherbe, ne l'a cependant pas racontée telle que Racan dans ses *Mémoires* la répète d'après Malherbe. Il l'a faite d'après le récit de Pogge, et a suivi en cela une inspiration peu heureuse : il a cependant supprimé le dernier épisode, celui de la noyade de l'âne, mais en revanche il a fait de l'avant-dernier l'emploi le plus étrange. On conçoit à la rigueur, dans les autres versions, que le père, ayant épuisé toutes les manières possibles de combiner l'âne, son fils et lui, en arrive à le porter pour voir si cette fois enfin on l'approuvera ; mais quelle apparence qu'il débute par là ? Le poëte nous dit que si *on lui lia les pieds,* si *on le suspendit,* c'est « pour qu'il fût plus frais et de meilleur débit » (car ici, comme dans Pogge, le père et le fils conduisent l'âne au marché pour le vendre) : voilà un expédient dont on ne s'était jamais avisé ! On porte donc l'âne « comme un lustre », la tête en bas, et, ce qui est peut-être encore plus bizarre, celui-ci *goûte fort cette façon d'aller.* Le père apparaît ainsi dès le début comme un fou, dont les actions n'ont ni logique ni portée, et quand nous l'entendons s'écrier à la fin qu'il en fera désormais *à sa tête,* nous ne sommes guère portés à en croire le poëte qui nous dit : « Il le fit, et fit bien. » Il faut que le charme des détails et la grâce du style soient bien puissants pour que cette fable du

Bonhomme, qui rêvait un peu en l'écrivant, ait fait oublier tous les récits antérieurs et soit seule devenue la source de mille imitations dans toutes les langues. On a été jusqu'à l'insérer dans la vie de Malherbe comme étant celle que Racan lui attribue. Mais c'est vraiment faire tort à Malherbe. Cet esprit net, lumineux et réfléchi n'aurait pas donné en exemple à son jeune ami, qui lui demandait un conseil sur la façon d'arranger sa vie, un récit aussi peu raisonnable. Malherbe, quelle que soit la source où il avait puisé (1), reproduit très-fidèlement l'ancien conte, tel qu'il est dans Jacques de Vitri, si ce n'est que le père a perdu sa supériorité et qu'il reçoit la leçon avec le fils au lieu de la lui donner.

Cette fidélité relative avec laquelle notre conte se retrouve, au bout de trois siècles, dans la bouche de Malherbe, a son pendant dans l'histoire de beaucoup d'autres récits. Tandis qu'ils subissent, en changeant de pays et d'époques, toutes sortes de modifications, il leur arrive parfois de se continuer sans altération par une autre voie et de se retrouver, après des siècles, sur les lèvres d'un narrateur populaire, avec la forme même qu'ils avaient à l'origine et qui ailleurs est oubliée.

La recherche de l'origine indienne des contes qui nous occupent, des intermédiaires par lesquels ils ont passé pour venir en Europe, des formes diverses qu'ils y ont reçues, ne constitue qu'une partie de leur histoire. Nous aurons à les étudier sous un autre aspect; nous aurons à nous rendre compte non-seulement de l'influence qu'ils ont subie, mais surtout de celle qu'ils ont exercée sur la littérature du moyen âge et par elle sur la littérature moderne. Cette influence a été considérable : j'en relèverai les deux effets les plus importants.

Le premier a été des plus heureux et des plus féconds. Les contes indiens, nés de l'observation directe et ingénieuse des hommes placés dans toutes les conditions sociales, retracent

(1) Cette source ne doit pas être le recueil de Bruscambille, comme le pense M. Gödeke.

naïvement leur vie et leurs mœurs avec la simplicité et l'absence d'affectation qui caractérise encore l'Orient. Les aventures ou les sentiments d'un jardinier, d'un tailleur, d'un mendiant, y sont exposés avec complaisance et décrits avec détail. Les Occidentaux, quand ils reçurent d'Orient cette matière nouvelle de narrations, ne connaissaient que l'épopée nationale ou le roman chevaleresque. La poésie ne s'adressait qu'aux hautes classes, les peignait seules, et se mouvait ainsi dans un cercle très-restreint de sentiments souvent conventionnels. En s'efforçant d'approprier les contes orientaux aux mœurs européennes, les poètes apprirent peu à peu à observer ces mœurs pour elles-mêmes et à les retracer avec habileté. Ils s'étudièrent à faire tenir dans le cadre de la vie réelle et bourgeoise de leur temps les incidents qu'ils avaient à raconter, et en s'y appliquant ils acquirent l'art de comprendre et d'exprimer les sentiments, les allures, le langage de la société où ils vivaient.

Ainsi se forma peu à peu cette littérature des *fableaux* (1) qui, par une singulière destinée, a fini par être le plus vraiment populaire de nos anciens genres poétiques, bien qu'elle ait sa cause et ses racines à l'extrémité de l'Orient. Une fois l'observation de la vie réelle, la peinture de la société contemporaine, entrées dans les mœurs littéraires, elles n'en sortirent plus : elles se perpétuèrent, avec un art de plus en plus parfait, dans les nouvelles italiennes, tandis qu'en France elles changèrent de forme et s'incarnèrent dans les farces du xve siècle, préparant ainsi de deux côtés les deux grandes formes de la littérature moderne : la comédie et le roman.

L'autre influence des contes indiens sur la littérature française est moins heureuse : je veux parler de la manière dont ils représentent généralement les femmes. On est étonné, quand on devient familier avec la littérature du moyen âge, de voir l'acharnement souvent grossier avec lequel les femmes y sont dénigrées. On en est surtout choqué quand on aborde cette littérature avec les idées courantes sur la galanterie

(1) Cette forme est préférable à *fabliaux*.

délicate et passionnée et le culte de la femme qu'on attribue aux temps chevaleresques. Frappé de ce contraste étrange, un éminent critique italien écrivait récemment : « Ceux qui soutiennent que la femme doit beaucoup au christianisme et à la chevalerie veulent évidemment se faire illusion, contre l'autorité des faits, en faveur de ces deux agents historiques. L'idéal de la sainte et celui de la *dame* des anciens romans sont des produits d'idées utopiques tout à fait inconciliables avec l'ordre social. On peut se demander ce que deviendrait la société humaine si chaque femme était une sainte Thérèse ou une Iseut, types contraires, mais également pernicieux pour elle parce que, bien que d'une manière différente, ils en nient le principe fondamental : la famille. L'humanité eut grand besoin, dans le moyen âge, de ses forces inépuisables, réduite qu'elle était à lutter contre ces deux puissantes tendances qui auraient voulu changer le monde, l'une en un vaste désert où la famille aurait disparu et où il ne serait resté que l'individu pur et simple, l'autre en une maison de fous perpétuellement révoltés contre la morale et le sens commun..... Ainsi il arriva que, malgré quelques figures d'une grande pureté offertes par l'hagiographie et la légende chrétienne, malgré l'encens prodigué au sexe féminin dans les romans, les tournois et les cours d'amour, la femme n'a été, à aucune autre époque, plus vilainement insultée, bafouée, dégradée qu'au moyen âge, en commençant par les écrits les plus sérieux des théologiens pour descendre jusqu'à la poésie et au théâtre des carrefours. Une incroyable quantité de fables et d'anecdotes, souvent grossières et obscènes, la traînaient dans la boue, et ces contes, chose qui aujourd'hui semble impossible, ne figuraient pas seulement dans le répertoire des jongleurs qui n'avaient d'autre but que de divertir, mais dans celui des prédicateurs, qui les racontaient du haut de la chaire sous prétexte d'en tirer une morale quelconque, mais souvent, en réalité, pour faire rire aussi bien que les autres jongleurs (1). »

(1) D. Comparetti, *Virgilio nel medio evo*, II.

Il y a dans ce réquisitoire une certaine part de vérité et une grande part d'exagération. L'épopée du nord de la France, vrai produit du génie national, a conçu la femme, comme je l'ai montré dans un de mes cours précédents, sous son triple aspect de jeune fille, d'épouse et de mère, sinon toujours d'une manière absolument conforme à nos idées ou à nos rêves, du moins avec simplicité, avec sympathie, souvent même avec grandeur. Quant aux livres de morale, il ne faut pas oublier, quand on parle du moyen âge, que presque tous les écrits que nous avons proviennent de clercs, de personnes engagées dans les liens du célibat ecclésiastique, et qui, par conséquent, étaient incapables de juger les femmes avec expérience ou avec respect. Il est bien vrai que les romans celtiques nous présentent un type de femme extrêmement dangereux, et dirai-je avec M. Comparetti, antisocial, et ils ont eu assurément, comme Dante nous le fait voir dans l'immortelle histoire de Francesca de Rimini, une influence profonde et funeste sur les mœurs des temps qui les ont suivis.

Quant aux contes innombrables, presque toujours plaisants, trop souvent grossiers, qui ont pour sujet les ruses et les perfidies des femmes, ils ne sont pas nés spontanément de la société du moyen âge : ils proviennent de l'Inde et ils ont leur raison d'être dans le milieu qui les a produits. Le détachement de tout ce qui excite les désirs et trouble l'âme, la pleine possession de soi-même, la crainte des attaches et des peines mondaines, tel est l'esprit de la doctrine bouddhique. Les récits composés pour la faire pénétrer dans les âmes ont eût généralement pour auteurs des religieux fort semblables à ceux d'Occident, et qui ont cherché à inspirer l'amour du célibat, moins en vantant, comme les Pères de l'Église, la beauté mystique de la virginité, qu'en montrant les laideurs, les vulgarités, les soucis et les dangers du mariage. Leurs récits furent accueillis avec plaisir par les clercs de l'Occident, disposés à envisager à peu près de même la vie conjugale, et servirent, ici comme là-bas, à détourner de cette vie les jeunes gens tentés de l'embrasser. Mais ce qui est surtout nécessaire pour comprendre l'inspiration de ces contes, c'est de se représenter qu'ils ont été composés dans un pays où les femmes, privées de liberté, d'instruction, de dignité personnelle, ont toujours eu des vices dont le tableau, déjà exagéré dans l'Inde, n'a jamais pu passer en Europe que pour une caricature excessive. Cependant, la malignité aidant, les contes injurieux pour le beau sexe réussirent merveilleusement chez nous et se transmirent, en se renouvelant sans cesse, de génération en génération. La nôtre en répète encore plus d'un sans accepter la morale qu'ils enseignent, et simplement pour en rire, parce qu'ils sont bien inventés et piquants : c'est ce que faisaient déjà nos pères, et il ne faut pas apprécier la manière dont ils jugeaient les femmes et le mariage d'après quelques vieilles histoires venues de l'Orient qu'ils se sont amusés à mettre en jolis vers.

Vous voyez, messieurs, que le sujet de notre cours n'est dénué ni d'intérêt ni de portée. Suivre, à travers quatre ou cinq littératures orientales, les contes bouddhiques jusqu'à leur arrivée en France, étudier ce qu'ils sont devenus entre les mains de nos poëtes, les changements qu'on leur a fait subir, les nouvelles applications qu'on en a tirées, rechercher les traces de leur influence littéraire et morale dans le moyen âge et même dans les siècles suivants, tel sera l'objet de nos leçons. C'était déjà, il y a neuf ans, celui des leçons de mon père, et les auditeurs d'alors avaient pris grand intérêt à l'histoire du *Roman des sept sages* et d'autres recueils analogues. Je serai heureux si je réussis aussi bien à éveiller et à satisfaire votre curiosité pour cet ordre de recherches, et si le public d'aujourd'hui écoute cette histoire, sinon avec le même plaisir, au moins avec la même bienveillance que celui de 1865.

PARIS. — IMPRIMERIE DE E. MARTINET, RUE MIGNON, 2

www.ingramcontent.com/pod-product-compliance
Ingram Content Group UK Ltd.
Pitfield, Milton Keynes, MK11 3LW, UK
UKHW021037200726
13857UKWH00005B/1773